AIRE LIBRE

DETHOREY

L'EXÉCUTION

DANS LA MÊME COLLECTION

BERTHET
Halona

BERTHET - TOME
Sur la route de Selma

BINSFELD - PLANQUE
Jimena

CONRAD
Le piège malais (tomes 1 et 2)

COSEY
Le voyage en Italie (tomes 1 et 2)
Orchidea
Saigon-Hanoi
Joyeux Noël, May!

DETHOREY
L'exécution

DETHOREY - LE TENDRE
L'oiseau noir

FRANK - BONIFAY
Zoo (tome 1)

GRIFFO - DUFAUX
Monsieur Noir (tomes 1 et 2)

GRIFFO - VAN HAMME
S.O.S. Bonheur (tomes 1, 2 et 3)

HAUSMAN - DUBOIS
La forteresse de pierre
Le crépuscule des elfes

HAUSMAN - YANN
Les trois cheveux blancs

HERMANN
Missié Vandisandi
Sarajevo-Tango

LAX
Sarane

LAX - BERTOIS
Soleil cou coupé

LAX - GIROUD
Les oubliés d'Annam (tomes 1 et 2)
La fille aux ibis

MARVANO
Les sept nains

MARVANO - HALDEMAN
La guerre éternelle (tomes 1, 2 et 3)

SERVAIS
Lova (tomes 1 et 2)

STASSEN - LAPIÈRE
Le bar du vieux Français (tomes 1 et 2)

WILL - DESBERG
Le jardin des désirs
La 27e lettre

Maquette de la collection : Yves Amateis.

Dépôt légal : mai 1996 — D.1996/0089/76
ISBN 2-8001-2323-0 — ISSN 0774-5702

Imprimé en Belgique par Proost/Fleurus.

Beaucaire, 13 Septembre 1870.
Merci pour tout, pour mon père, pour moi...
Bon voyage, mon Toinot.
N'oublie point... c'est p'têt' la chance d'ta vie... Sois ben serviab'et tout!
Promis, Manou, promis!
BEAUCAIRE
BEAUCAIRE
NON, NON ET NON!

Mon Dieu, Emile, calmez-vous ! Qu'y a-t-il ?
Fichez-moi la paix !
Laissez-moi vous rappeler que votre neveu arrive d'ici deux jours et que...
Il tombe bien, celui-là ! Avec le Salon qui approche et cette toile qui n'avance pas.
Votre tableau est superbe je ne vois pas ce qui...
Ce qui ne va pas ? C'est très simple : j'ai besoin de faire poser une adolescente dévêtue en pleine nature... et vous connaissez comme moi les interdits moraux sur le sujet.
Calmez-vous, Emile, et laissez-moi réfléchir... Je vous promets de trouver une solution.

N'oublie pas: lundi, c'est toi qui fais l'ouverture.
'soir, m'sieur Rouart.
RENARD Md de VINS TRAITEUR 2 RUE St DENIS
Bonsoir, Toinette.
'soir, mam'Renier.
Je sais que vous travaillez beaucoup toute la semaine... Néanmoins accepteriez-vous de travailler ce dimanche?
Ben, faut voir. C'est du repassage?
Non, non! C'est bien plus amusant: mon mari souhaiterait que vous posiez pour lui.
Vous voulez dire... toute nue?
Mais non, en chemise. Mon mari m'a proposé une journée à la campagne pour dessiner en plein air... Nous déjeunerions sur l'herbe.
J'toucherai combien?
Ce que vous gagnez en une semaine. Mais attention: tout doit rester entre nous. Pas un mot à qui que ce soit.
Bon. J'veux bien.
Demain, sept heures à ce carrefour.
À d'main, mam'Renier.

Paris, 14 Septembre 1870.

J'espère que vous n'avez pas peur de l'eau, Toinette.
Oh! non, m'sieur.
C'est parfait. Allez donc vous préparer pendant que j'installe mon matériel.
Je me déshabille?
C'est ça. Conservez seulement votre chemise.
Et maintenant?
Allez-y. Entrez dans l'eau jusqu'aux mollets.
Mais...? Qu'est-ce que vous faites?
Juste trempette.
Hééé!
Ha! Ha! Ha! Voilà qui va vous donner un air plus naturel!

Allons! Cessez de vous recroqueviller. Comment voulez-vous que je travaille ?
C'est que... j'ai un peu froid.
TOINETTE! Je vous donne dix fois ce que vous gagnez dans votre boutique...
Est-ce que cela ne mérite pas quelques frissons?
Allons! N'ayez pas peur... je veux juste vous faire prendre la pose.
Cambrez-vous davantage...
?!...
HA! HA! HA! HA! HA! HA! HA! HA!

Approchez, monsieur l'artiste peintre!
Vous semblez ignorer que nous sommes en guerre! Montrez-moi vos papiers.
Quoi? Vous êtes colonel de réserve?! Je ne vous cache pas que votre situation est très... délicate, monsieur Renier.
Lieutenant, escortez les prisonniers jusqu'au quartier général. J'aurai quelques questions à leur poser.
Je vous en supplie... Mon mari n'est pas un espion. C'est un peintre de grand talent...
Ja, ja.

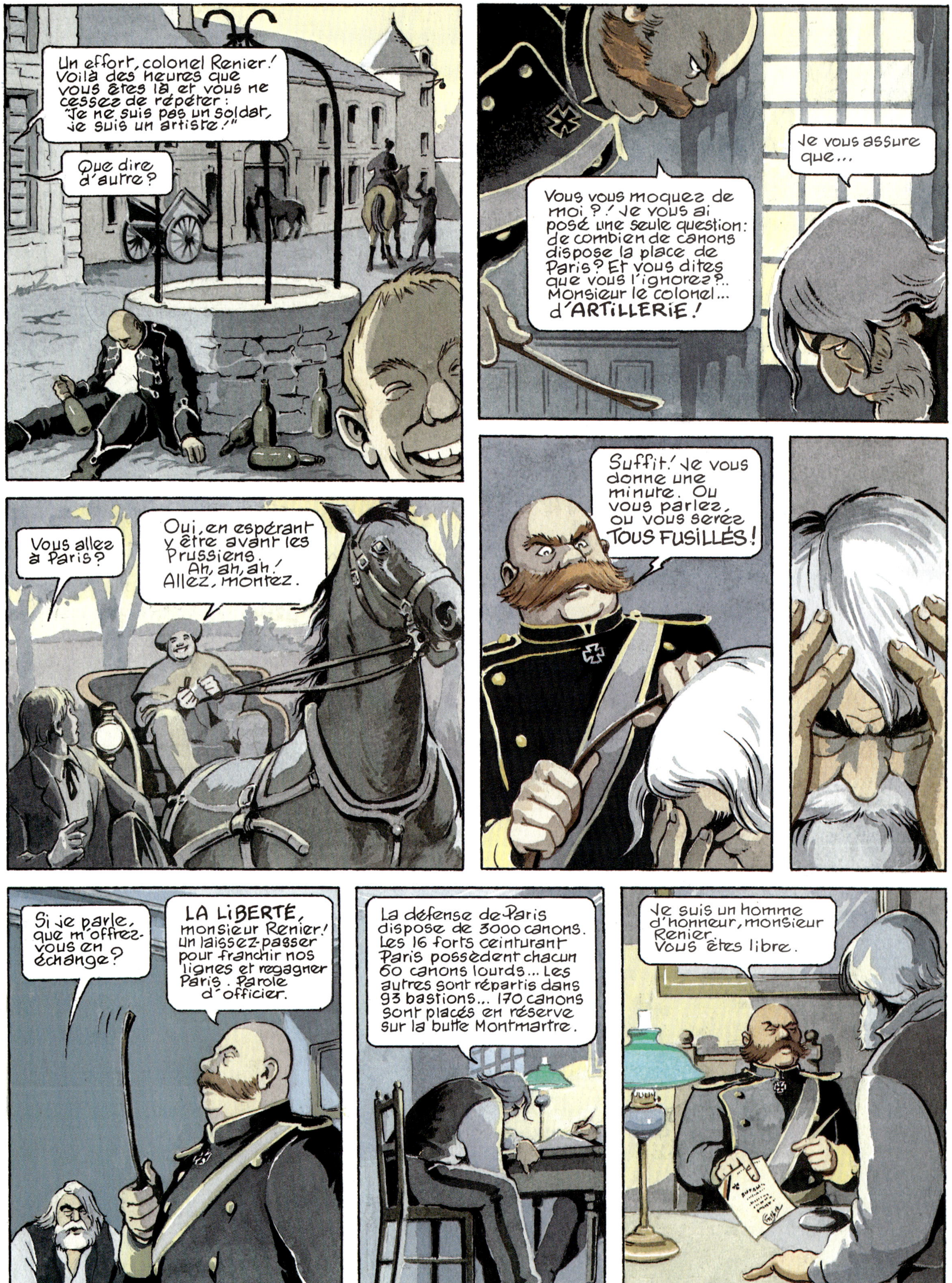

Un effort, colonel Renier ! Voilà des heures que vous êtes là et vous ne cessez de répéter : "Je ne suis pas un soldat, je suis un artiste !"
Que dire d'autre ?
Vous vous moquez de moi ?! Je vous ai posé une seule question : de combien de canons dispose la place de Paris ? Et vous dites que vous l'ignorez ?.. Monsieur le colonel... d'ARTILLERIE !
Je vous assure que...
Vous allez à Paris ?
Oui, en espérant y être avant les Prussiens. Ah, ah, ah ! Allez, montez.
Suffit ! Je vous donne une minute. Ou vous parlez, ou vous serez TOUS FUSILLÉS !
Si je parle, que m'offrez-vous en échange ?
LA LIBERTÉ, monsieur Renier ! Un laissez-passer pour franchir nos lignes et regagner Paris. Parole d'officier.
La défense de Paris dispose de 3000 canons. Les 16 forts ceinturant Paris possèdent chacun 60 canons lourds... Les autres sont répartis dans 93 bastions... 170 canons sont placés en réserve sur la butte Montmartre.
Je suis un homme d'honneur, monsieur Renier. Vous êtes libre.

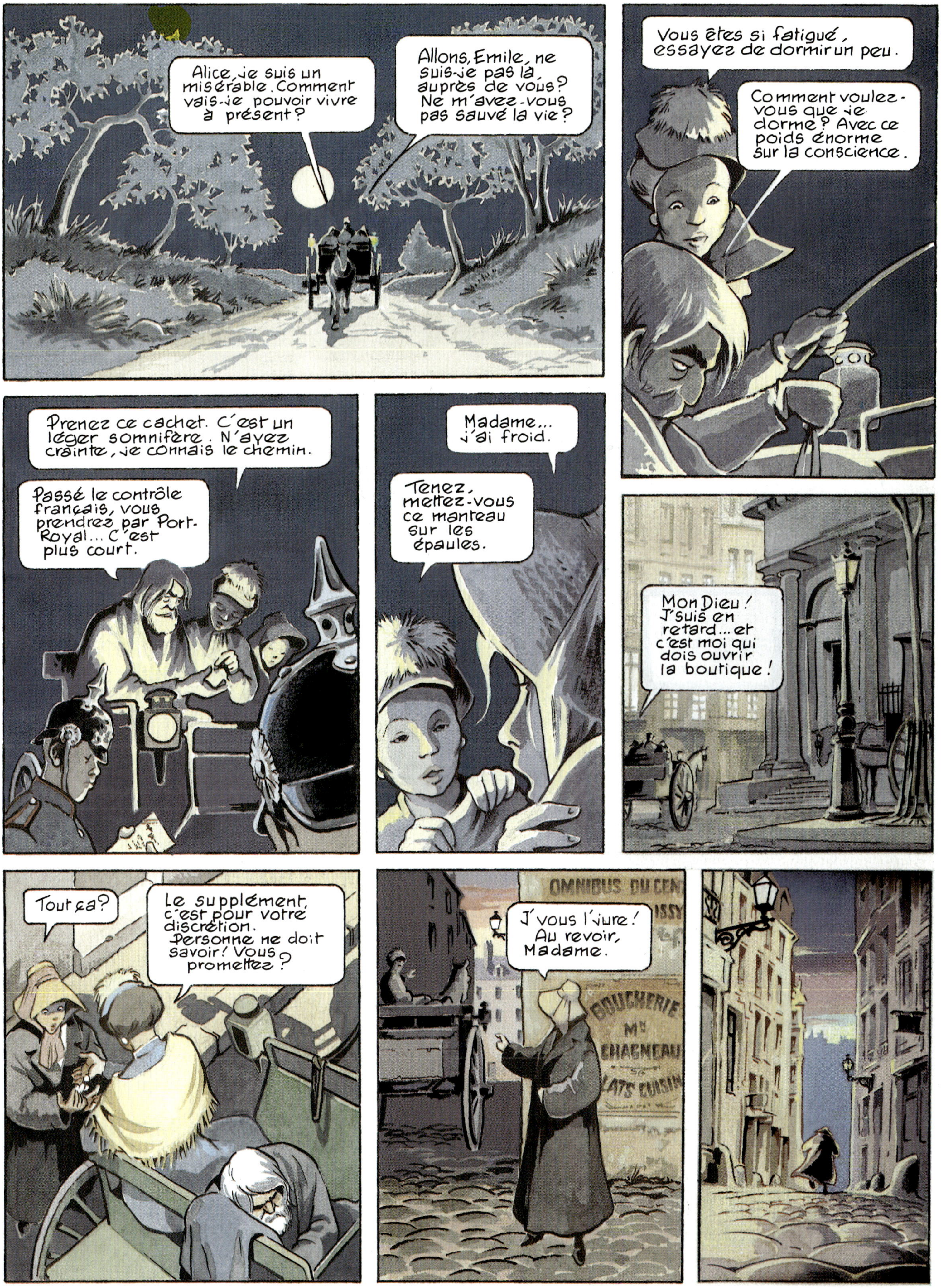
Alice, je suis un misérable. Comment vais-je pouvoir vivre à présent?
Allons, Emile, ne suis-je pas là auprès de vous? Ne m'avez-vous pas sauvé la vie?
Vous êtes si fatigué, essayez de dormir un peu.
Comment voulez-vous que je dorme? Avec ce poids énorme sur la conscience.
Prenez ce cachet. C'est un léger somnifère. N'ayez crainte, je connais le chemin.
Passé le contrôle français, vous prendrez par Port-Royal... C'est plus court.
Madame... j'ai froid.
Tenez, mettez-vous ce manteau sur les épaules.
Mon Dieu! J'suis en retard... et c'est moi qui dois ouvrir la boutique!
Tout ça?
Le supplément, c'est pour votre discrétion. Personne ne doit savoir! Vous promettez?
BOUCHERIE
J'vous l'jure! Au revoir, Madame.

Emile... mon ami, réveillez-vous.
Hein? Quoi?
Alice! Où avez-vous mis mon pardessus?
Grand Dieu! Je l'ai oublié sur les épaules de la petite!
HEIN?! Avec le laissez-passer à l'intérieur?
C'est à c't'heure-ci qu't'ouvres la taule? Et qu'est-ce que c'est que ce manteau?
C'est un client, m'sieur Renier, qui vient de m'le confier pour un nettoyage.
Qu'est-ce qu'il fiche sur tes épaules? Donne ça et va travailler! Y a trois paniers de r'passage!
..?
Allez, range-le et n'oublie pas d'y mettre une étiquette.
...Un sauf-conduit prussien... au nom d'Emile Renier?!

M'sieur Renier ?
Ma femme vous a prêté mon manteau ...
Oh! oui, j'l'en r'mercie... J'étais morte dans l'dos et...
Je sais. Allez me le chercher.
C'est que... j'avais cru bon de l'mettre au nettoyage...
Allez me le chercher tout de suite!
?!...Toinette! C'est très important. Il y avait un papier, où est-il ?
Ben, j'sais pas... j'ai rien touché...
Petite menteuse! Vas-tu me rendre ce papier, sinon...?
Mais, m'sieur... j'vous jure... je...

... de Dieu!
Morte!? Ah, le fumier, le fumier!
Emile! Qu'avez-vous? Vous êtes si pâle... Avez-vous récupéré le papier?
Il n'était plus dans le manteau. Toinette prétend n'avoir rien pris dans les poches.
Et si c'était quelqu'un d'autre qui...?

Un jeune homme attend dans le vestibule. Je crois qu'il s'agit de votre neveu.
Excuse-nous pour hier soir. Nous sommes rentrés si tard...
C'est sans importance, j'arrive à l'instant.
Manou m'a fait part de votre désarroi et des difficultés dans lesquelles vous vous débattez...
J'avais promis à ton père de m'occuper de toi.
Merci, mon oncle.
Comme tu es devenu un beau jeune homme.
Manou m'a parlé de ton désir de devenir peintre... comme ton oncle? Aussi vais-je t'inscrire aux Beaux-Arts, chez mon ami Gérôme. Un grand parmi les grands!
Nous avons tout le temps pour parler. Allons préparer la chambre avec Léonce. Tu dois être rompu de fatigue...
Un peu, en effet.
Je n'ai pas dit à madame... Savez-vous que le quartier est tout en émoi?
Ah? Et pourquoi?
Vous connaissiez Toinette? Vous savez, la petite blanchisseuse. Eh bien, on l'a retrouvée morte... assassinée... Il s'agirait d'un cambriolage qui a tourné mal...
Mais... qu'avez-vous, ma tante?
Oh!..rien... ça va passer.

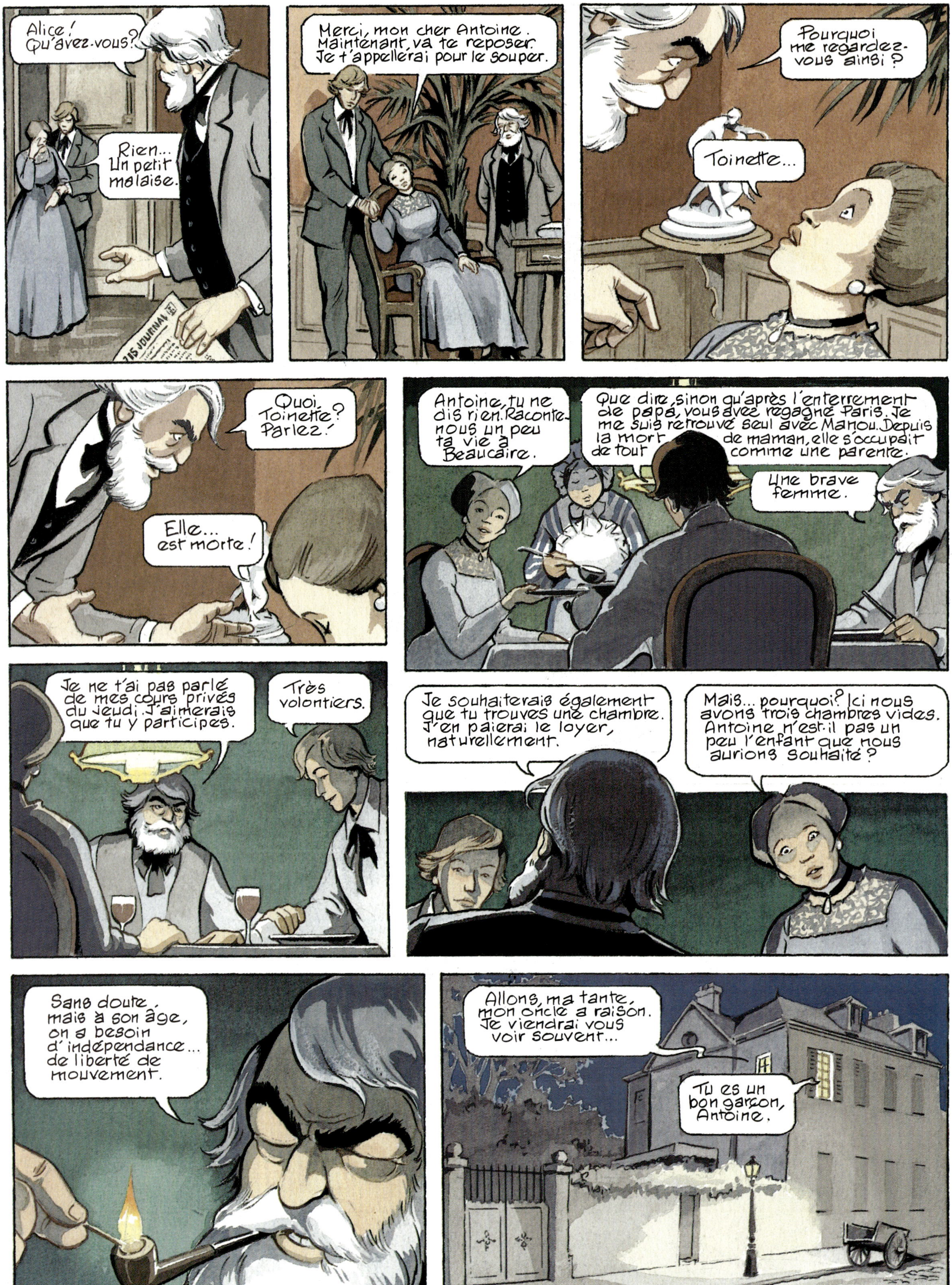
Alice ! Qu'avez-vous ?
Rien... Un petit malaise.
Merci, mon cher Antoine. Maintenant, va te reposer. Je t'appellerai pour le souper.
Pourquoi me regardez-vous ainsi ?
Toinette...
Quoi, Toinette ? Parlez !
Elle... est morte !
Antoine, tu ne dis rien. Raconte-nous un peu ta vie à Beaucaire.
Que dire, sinon qu'après l'enterrement de papa, vous avez regagné Paris. Je me suis retrouvé seul avec Manou. Depuis la mort de maman, elle s'occupait de tout comme une parente.
Une brave femme.
Je ne t'ai pas parlé de mes cours privés du jeudi. J'aimerais que tu y participes.
Très volontiers.
Je souhaiterais également que tu trouves une chambre. J'en paierai le loyer, naturellement.
Mais... pourquoi ? Ici nous avons trois chambres vides. Antoine n'est-il pas un peu l'enfant que nous aurions souhaité ?
Sans doute, mais à son âge, on a besoin d'indépendance... de liberté de mouvement.
Allons, ma tante, mon oncle a raison. Je viendrai vous voir souvent...
Tu es un bon garçon, Antoine.

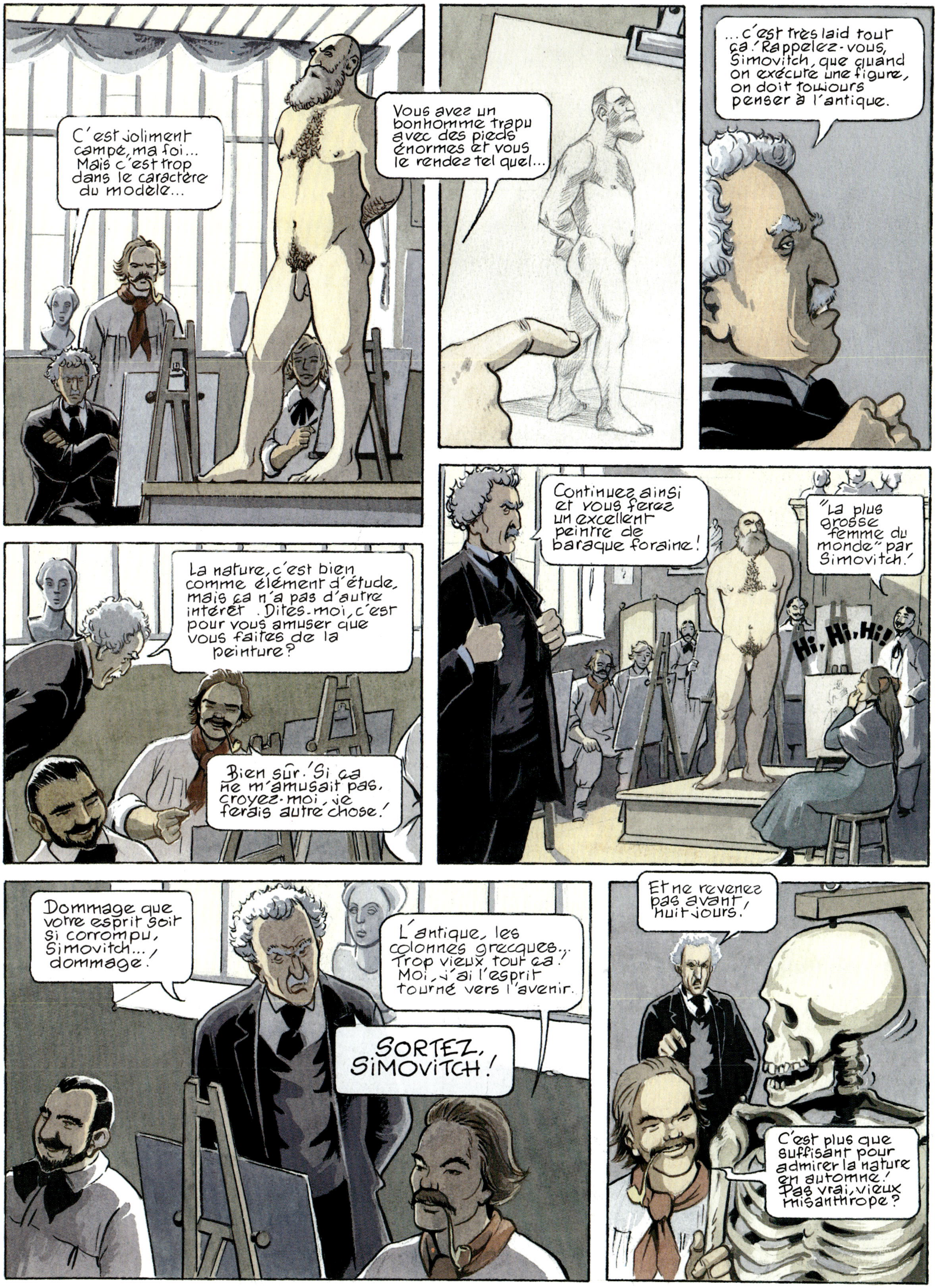
C'est joliment campé, ma foi... Mais c'est trop dans le caractère du modèle...
Vous avez un bonhomme trapu avec des pieds énormes et vous le rendez tel quel...
...c'est très laid tout ça ! Rappelez-vous, Simovitch, que quand on exécute une figure, on doit toujours penser à l'antique.
La nature, c'est bien comme élément d'étude, mais ça n'a pas d'autre intérêt. Dites-moi, c'est pour vous amuser que vous faites de la peinture ?
Bien sûr ! Si ça ne m'amusait pas, croyez-moi, je ferais autre chose !
Continuez ainsi et vous ferez un excellent peintre de baraque foraine !
"La plus grosse femme du monde" par Simovitch !
Hi, Hi, Hi !
Dommage que votre esprit soit si corrompu, Simovitch... ! dommage !
L'antique, les colonnes grecques... Trop vieux tout ça ! Moi, j'ai l'esprit tourné vers l'avenir.
SORTEZ, SIMOVITCH !
Et ne revenez pas avant huit jours !
C'est plus que suffisant pour admirer la nature en automne ! Pas vrai, vieux misanthrope ?

Bien droit, le sceptre !
Pas mal, les moustaches et le bouc ! Antoine commence à ressembler à notre vénéré empereur... Cependant...
Les cheveux sont trop longs... Trop romantique !
Il faut lui dégager le front "à la romaine" !
Touche à un cheveu de ce garçon et je te coupe les couilles.
?!
Bande de chiens stupides et prétentieux. Ça veut faire la révolution dans l'école et ça perpétue la plus exécrable des traditions !
T'es un pisse-froid, Simovitch. Tu ne sais pas t'amuser !
Viens. On va respirer ailleurs !

* Jules Trochu, Jules Favre et Jules Ferry.

Où loges-tu?
Je cherche une chambre. Pour l'instant, j'habite chez mon oncle, le peintre Emile Renier.
Emile Renier !? Le peintre des allégories molles et ridicules ?
Là, tu y vas fort ! Mis à part le choix de ses sujets mon oncle a un réel talent.
De plus, il est généreux. C'est le seul parent sur lequel je puis compter depuis le décès de ma mère.
Je plaisante. Tu sais combien les peintres sont féroces entre eux.
Salut, Momo !
Tiens ! Voilà notre muse à tous !
Salut, mon tout beau.
Je te présente Antoine. Il débarque de province pour faire les Beaux-Arts...
Bienvenue à Pantuche.
Excuse-moi d'évoquer la pauvre Toinette...
... mais Antoine a besoin d'une chambre et...
Qui c'est, c'ui-là ?
Un locataire pour la chambre de Toinette.

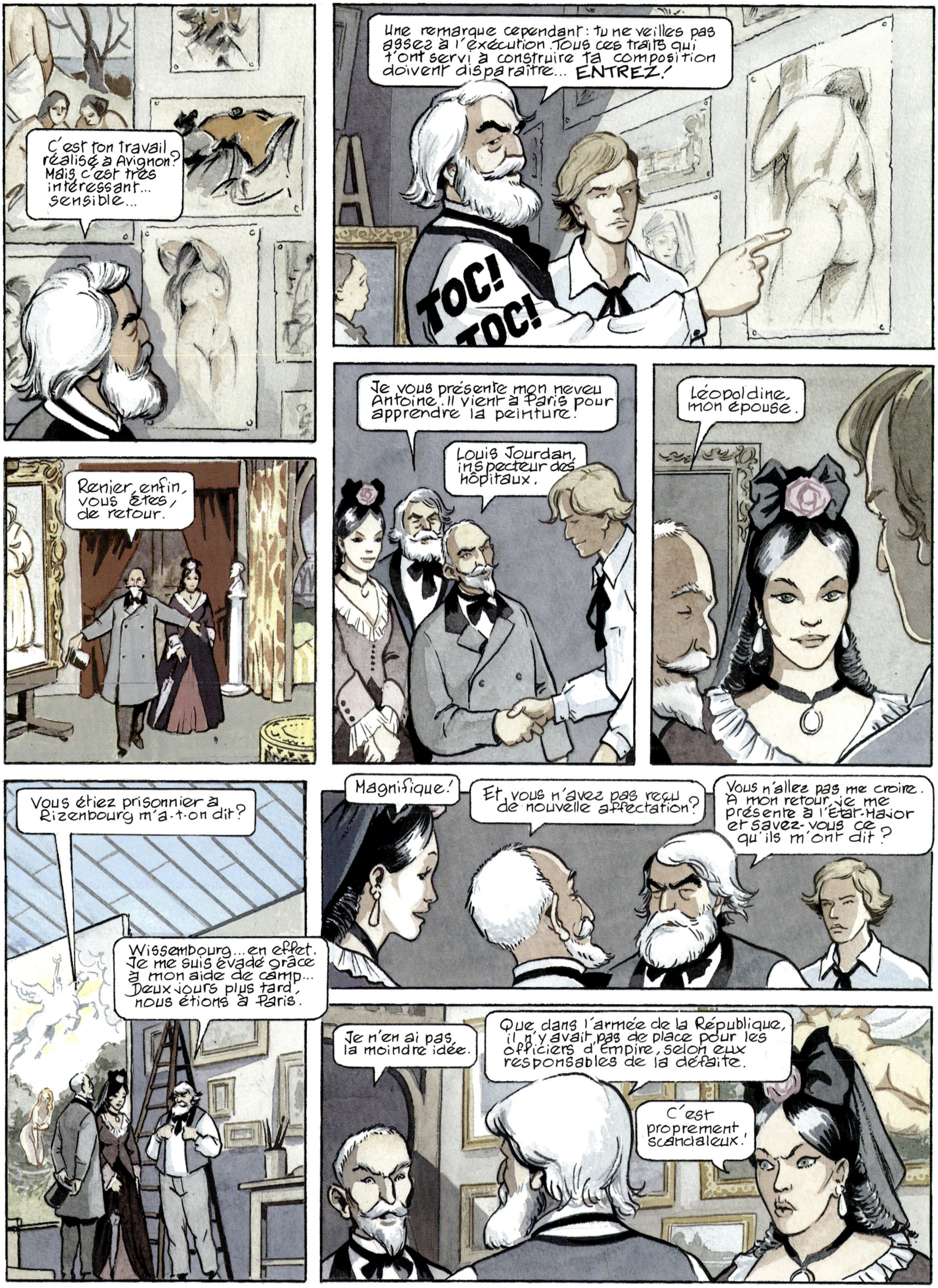
C'est ton travail réalisé à Avignon? Mais c'est très intéressant... sensible...
Une remarque cependant: tu ne veilles pas assez à l'exécution. Tous ces traits qui t'ont servi à construire ta composition doivent disparaître... ENTREZ!
TOC! TOC!
Renier, enfin, vous êtes de retour.
Je vous présente mon neveu Antoine. Il vient à Paris pour apprendre la peinture.
Louis Jourdan, inspecteur des hôpitaux.
Léopoldine, mon épouse.
Vous étiez prisonnier à Rizenbourg m'a-t-on dit?
Wissembourg... en effet. Je me suis évadé grâce à mon aide de camp... Deux jours plus tard, nous étions à Paris.
Magnifique!
Et vous n'avez pas reçu de nouvelle affectation?
Vous n'allez pas me croire. À mon retour, je me présente à l'État-Major et savez-vous ce qu'ils m'ont dit?
Je n'en ai pas la moindre idée.
Que dans l'armée de la République, il n'y avait pas de place pour les officiers d'Empire, selon eux responsables de la défaite.
C'est proprement scandaleux!

Splendide ! Avec ce tableau, vous avez toutes les chances d'obtenir la médaille d'or au prochain Salon.
Alice ! Quel bonheur vous avez de vivre auprès d'un tel artiste !
Chère Léopoldine. Je suis si heureuse de vous voir...
Cette belle adolescente parmi les nénuphars est absolument...
...saisissante de vérité !
Quelle justesse dans l'attitude ! On jurerait qu'elle a posé pour vous, tellement...
Allons, Jourdan ! Que faites-vous de l'imagination de l'artiste ?
Veuillez m'excuser un moment...
Tante Alice... vous êtes si pâle... Laissez-moi vous accompagner.
Votre épouse semble très fatiguée... Voulez-vous que je l'examine ?
Non, ce ne sera pas nécessaire... Un peu de surmenage, voilà tout.
Merci, mon petit Antoine... Comme j'aimerais t'avoir auprès de moi en ce moment...
Pourquoi dites-vous "en ce moment" ?
Heu... pour rien... Je me sens mieux à présent. Si nous allions rejoindre nos amis ?

Café de Madrid, octobre 1870.

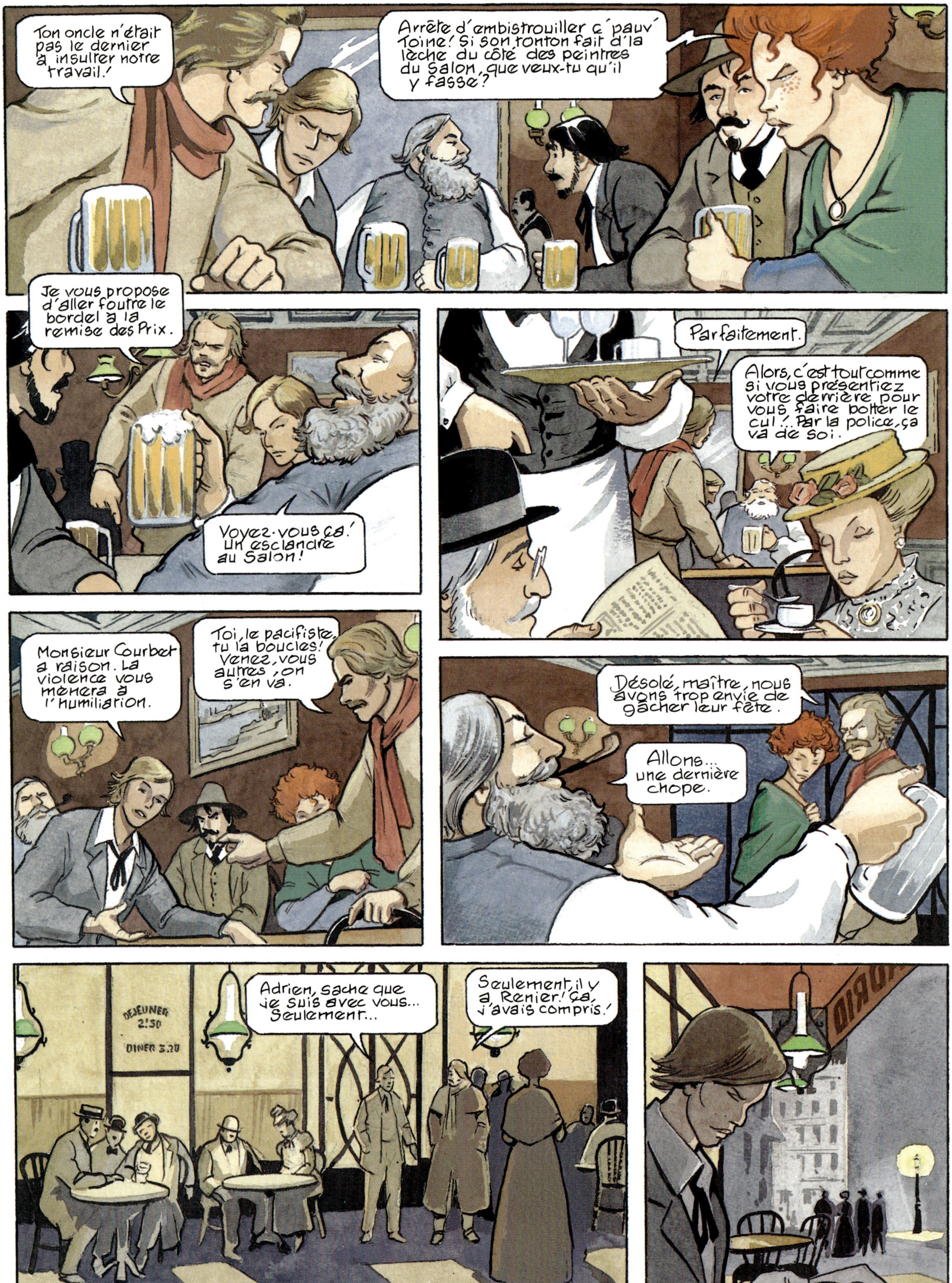

Ton oncle n'était pas le dernier à insulter notre travail!
Arrête d'embistrouiller c'pauv' Toine! Si son tonton fait d'la lèche du côté des peintres du Salon, que veux-tu qu'il y fasse?
Je vous propose d'aller foutre le bordel à la remise des Prix.
Voyez-vous ça! Un esclandre au Salon!
Parfaitement.
Alors, c'est tout comme si vous présentiez votre derrière pour vous faire botter le cul!.. Par la police, ça va de soi.
Monsieur Courbet a raison. La violence vous mènera à l'humiliation.
Toi, le pacifiste, tu la boucles! Venez, vous autres, on s'en va.
Désolé, maître, nous avons trop envie de gâcher leur fête.
Allons... une dernière chope.
DEJEUNER 2.50
DINER 3.20
Adrien, sache que je suis avec vous... Seulement...
Seulement, il y a Renier! Ça, j'avais compris!

* Propriétaire d'un grand magasin. Mécène influent.

Il nous semble que vous placez l'amour et le devoir nettement au-dessous de la ceinture...
"Inspiration" ou "Aspiration"?
La gueuse ne manque pas d'arguments pour retenir son dragon!
Ah, ah, ah!
Monsieur Renier!
Qu'attendez-vous pour arrêter ces fous?
Veuillez, s'il vous plaît, expliquer à vos admirateurs ce qu'est en train de faire cette charmante créature à son valeureux guerrier?
EN TERMES VULGAIRES, ON APPELLE ÇA TAILLER UNE PLUME, UNE PIPE!
Les grivetons!
Alphonse, je ne vois ni plume ni pipe? Expliquez-moi...
Hum... Il dit n'importe quoi! N'écoutez pas.
Embarquez-moi tous ces excités!
CHAUCHART, VIEUX BABOUIN! TU N'ES QU'UN IMBÉCILE, À L'IMAGE DE LA PEINTURE QUE TU DÉFENDS!

Réception chez Renier, 1er Novembre 1870.

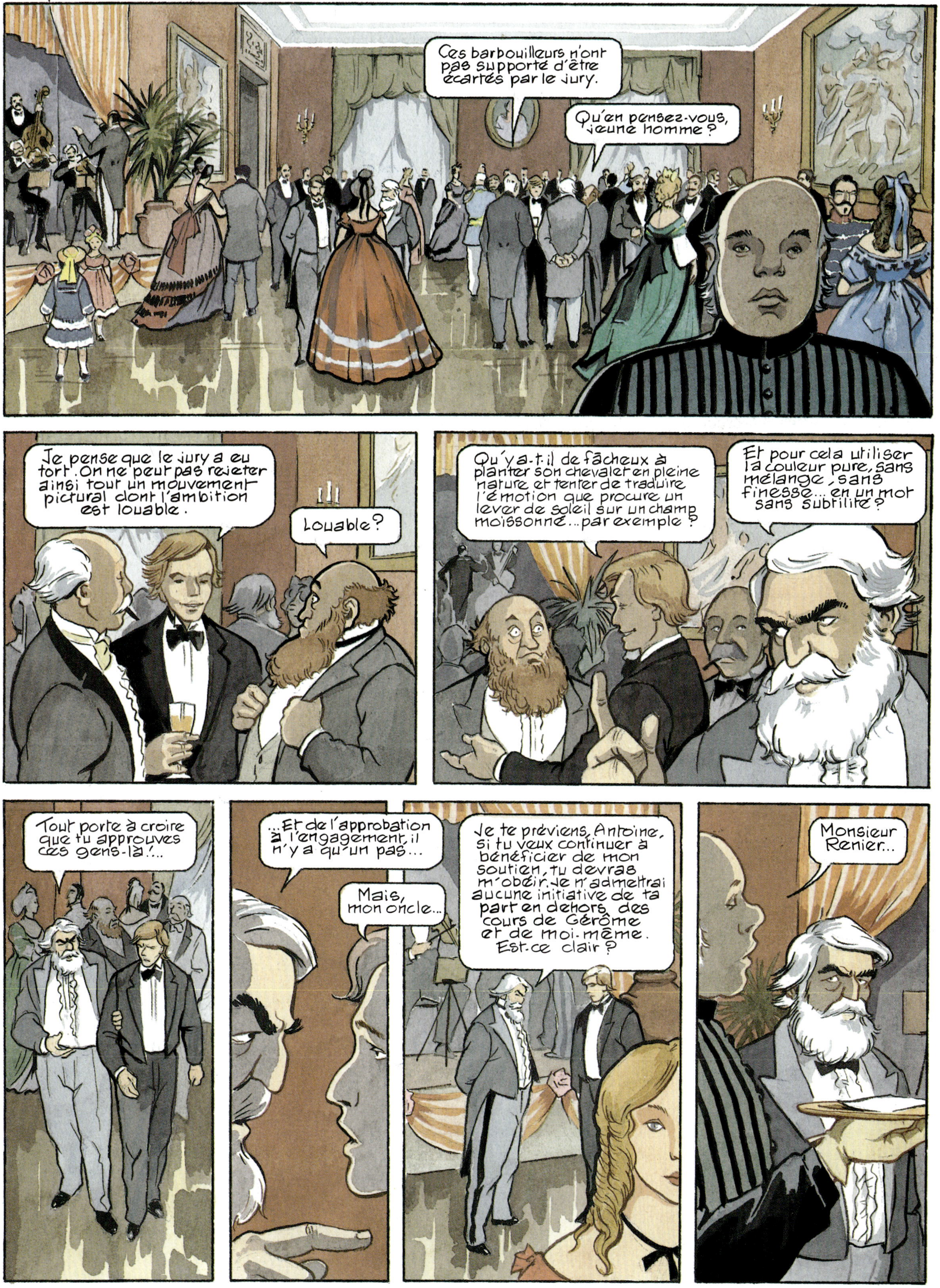

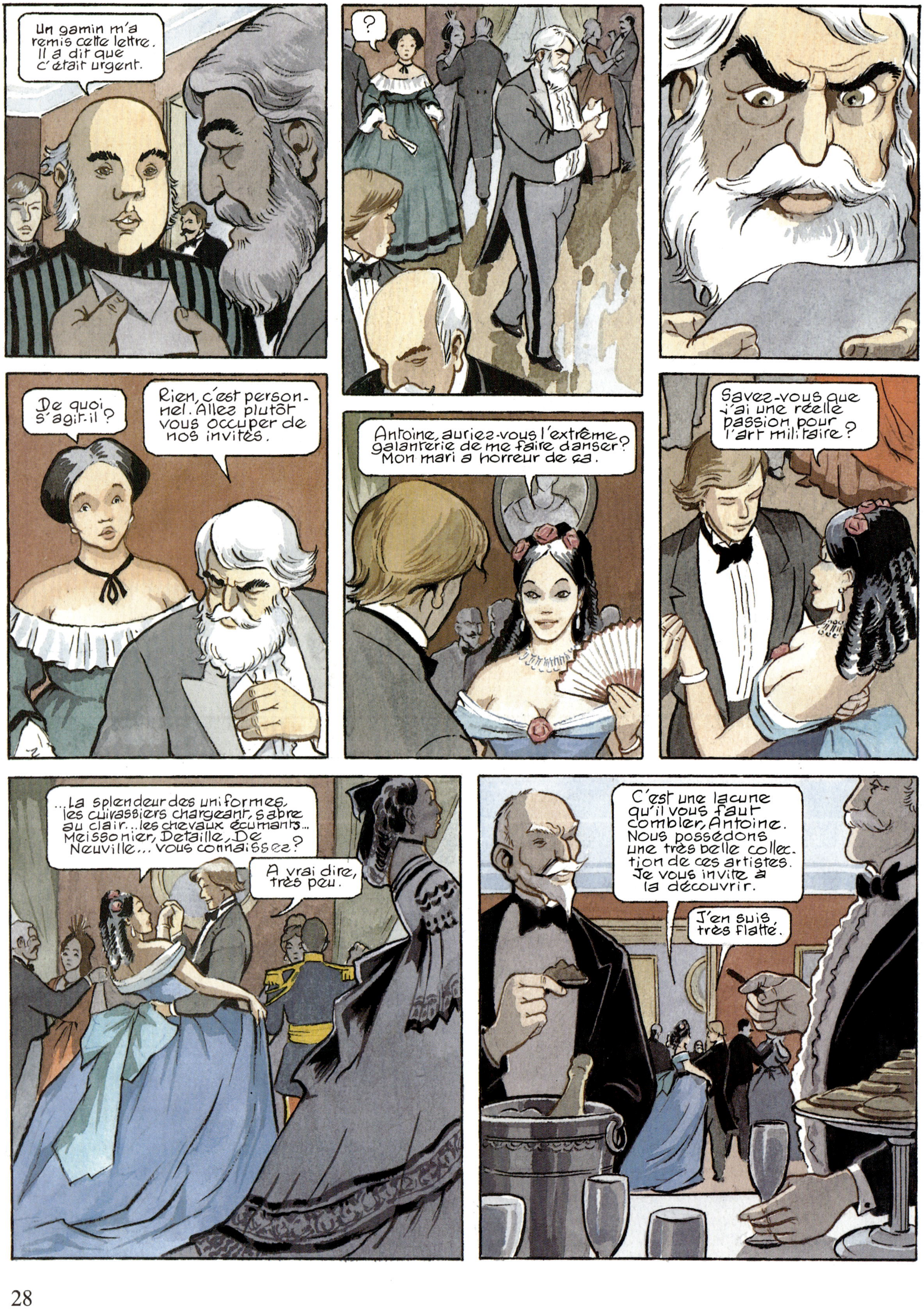

Un gamin m'a remis cette lettre. Il a dit que c'était urgent.
?
De quoi s'agit-il ?
Rien, c'est personnel. Allez plutôt vous occuper de nos invités.
Antoine, auriez-vous l'extrême galanterie de me faire danser ? Mon mari a horreur de ça.
Savez-vous que j'ai une réelle passion pour l'art militaire ?
...La splendeur des uniformes, les cuirassiers chargeant, sabre au clair... les chevaux écumants... Meissonier, Detaille, De Neuville... vous connaissez ?
A vrai dire, très peu.
C'est une lacune qu'il vous faut combler, Antoine. Nous possédons une très belle collection de ces artistes. Je vous invite à la découvrir.
J'en suis très flatté.

...Malgré l'amitié que j'ai pour toi, je dois te dire que je ne suis pas mécontent d'avoir quelque peu gâché le triomphe de ton oncle.
C'est ta seule satisfaction?
Que non! Il y a un quart de page dans "Le Soir", relatant l'incident avec humour...
Bon, c'est pas tout ça. Faut qu'je rentre. Demain, j'me coltine les livraisons.
Je t'accompagne.
Bonne nuit, Antoine.
C'est à c't'heure-ci qu'tu rentres? et avec ce voyou, espèce de catin!
Et toi? T'es brind'zingue tous les soirs! Tu écluses la recette du caf'mar et moi j'devrais me pieuter avec les poules en crevant d'faim? Tu veux que j'me barre, c'est ça?
Allez, c'est pour s'marrer! Tu vas pas larguer ton vieux... hein?
Pouah! Tu pues la verte*
* Absinthe.
C'est... hurps... vrai queeuh... ch'uis pas un bon doche! Tiens, v'là des sous... Achète-toi un manteau.
D'où viennent tous ces biftons?
Ça, c'eeest paaas tes oignons! J'fais un plan, c'est tout.
Quel plan? Du marché noir?
RRRROoooo...

Hôtel particulier de Louis et Léopoldine Jourdan. Novembre 1870.

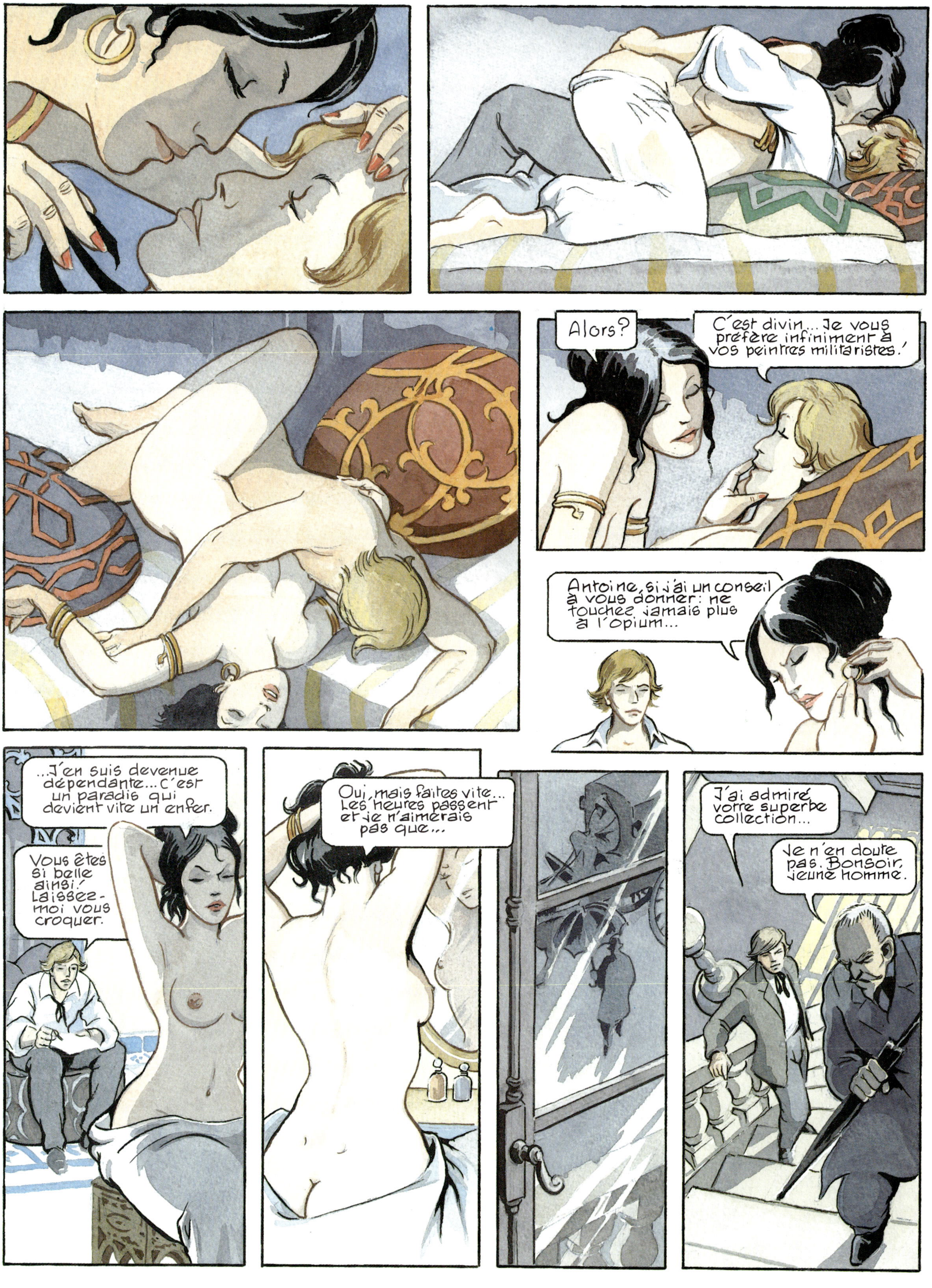
Alors?
C'est divin... Je vous préfère infiniment à vos peintres militaristes!
Antoine, si j'ai un conseil à vous donner: ne touchez jamais plus à l'opium...
...J'en suis devenue dépendante... C'est un paradis qui devient vite un enfer.
Vous êtes si belle ainsi! Laissez-moi vous croquer.
Oui, mais faites vite... Les heures passent et je n'aimerais pas que...
J'ai admiré votre superbe collection...
Je n'en doute pas. Bonsoir, jeune homme.

Siège de Paris. 27 décembre 1870.

?!...
Alors, ces boutons de manchette, les avez-vous trouvés ?
Tiens, Momo, prends la gnôle et essaie d'amuser le gardien.
T'inquiète ! La faim me rend héroïque !
JARDIN DES PLANTES
Nom d'un chien, quel froid !
Vingt dieux ! J'ai beau marcher de droite et d'gauche, j'sens plus mes arpions !
FERMÉ
Tiens, bois ça ! Un calva d'première.
Ces satanés Prussiens veulent aussi nous geler les boyaux mais y s'trompent ! Y'a d'quoi picoler dans Paris pour dix ans !
Allez-y !
N'empêche que ceux d'Versailles, y font pas que d'boire... y mangent aussi.
T'as raison... Passe la boutanche, on va la sécher à deux...

O.Ka.pia.
Trop grand!
J'étais à l'offensive de Stains et du Bourget. Chaque fois qu'on gagnait du terrain, on nous ordonnait le repli...
Pardi! Rien que des fausses sorties pour faire croire aux Parisiens que nos chefs sont de grands patriotes!
"Castor canadenis"...
Un castor! Pas la peine de chercher plus loin, on y va!
Mensonges! Tu verras qu'avant la fin d'l'hiver, Thiers aura signé la capitulation!
Ah, le fumier!
Adrien, viiite! Ton couteau!
Tout ça, c'est la faute aux bourgeois et aux curtons! A la tienne, citoyen!
Vive nous!
Dépêchez-vous! Momo a du baratin mais tout d'même...
Minuit. Butte Montmartre.
Vrai!?... D'la bidoche?
Parfaitement, et pas du clebs, du CASTOR! C'soir, c'est la fête chez Momo!

1er mars 1871.
Le ciel est d'un bleu ce matin !
Et si nous allions travailler dans la nature ?... On passe prendre Jeanne et en route !
Elle ne travaille pas ?
Il n'y a plus de client. Son père est saoul du matin au soir... Ça fait deux jours que la boutique est fermée.
J'enfile une robe et j'arrive !
Que dirais-tu d'aller peindre les bords de Seine ?
Marrant ! J'allais te faire la même proposition.
Vise un peu... C'est pas ton oncle en train d'faire le singe au coin d'la rue ?
Qu'est-ce qu'il fait là ? Il a l'air d'attendre...
Va savoir. I'a p'têt'un rencard avec une salée !
Toujours est-il que je n'ai pas envie de le rencontrer !
Alors, on vire par c'te rade.
Si on s'faisait un pique-nique ? D'puis l'armistice, mon épic'mard a r'trouvé l'sourire, il a r'çu d'tout ! Saucissons, jambons, fromages...

Suresnes.

Quelle lumière!
Regarde un peu Jeanne... Elle s'enfile la bouteille de mâcon!
Hé, Jeanne, passe la bouteille par ici.
Pas question! Finissez vot' boulot d'abord.
C'est ce qu'on va voir!
Donne cette bouteille tout de suite, sinon...
Nooon!..
Hi, hi, hi! Arrêêête! Tu m'étrangles!
La bouteille!
Hop!
Nom de Dieu! Regardez!.. En face!?

Les Prussiens! Ils s'apprêtent à traverser!
Ah, les salopards! Nous gâcher une journée pareille!
J'ai le sentiment confus que nous ne finirons jamais nos aquarelles...
Fichtre non! Entre Thiers et cette bande de casqués, il n'y a pas de place pour la peinture.
Vous n'en voulez plus d'mon mâcon?
Tiens donc! C'est tout de même pas ces maudits Teutons qui vont me couper la soif!
Tu crois qu'ils vont envahir Paris?
Vaudrait mieux pas, il y a des barricades partout, de Grenelle à Belleville. Au moindre incident, ce serait le massacre!
...Ils devront se contenter de Neuilly et des beaux quartiers.

11 mars 1871.

Non contents de nous avoir affamés tout un hiver, voilà qu'ils nous réclament nos loyers ! Halte-là, nos Jean-Foutre ! Vous ferez pour Versailles ce que vous voudrez, mais pour Paris, ça, c'est autre chose !...
...Nous ne pouvons pas admettre que la prospérité de quelques-uns se nourrisse de la misère de milliers de familles...
COMITE DU XIIe ARRT
...le peuple a eu faim, il a eu froid... Il a donné son sang pour la patrie...
NOUS NE PAIERONS PAS !
...Inutile de lui faire payer encore trois termes de loyer pour enrichir un peu plus un tas de rentiers !...
NOUS NE PAIERONS PAS !
NOUS NE PAIERONS PAS !
Ton père va payer ?
C'est déjà fait. J'me d'mande où y trouve l'oseille.
Pour toi, y'a pas d'os... avec ton daron !
C'est vrai, et dépendre de lui me pèse de plus en plus.
On se voit demain ?
Non, j'ai le cours de mon oncle.
Coincé qu'il est l'pauv' Toine !

Pas un seul élève !... À part toi, évidemment ! Ces enfants de petits bourgeois timorés se terrent chez eux ! Ou peut-être à Versailles, qui sait. Victor, veuillez reprendre la pose !
Combien de fois faudra-t-il te répéter de BIEN SOIGNER L'EXÉCUTION ?! Que signifient ces angles ? Hein ? Ce berger n'est pas en granit !
... Sers-toi de l'estompe ! Tu dois soigner l'exécution et faire oublier tout ce qui t'a servi à mettre le modèle en place...
Ensuite, tu recules pour voir l'effet produit.
! ?
Qu'est-ce que ...?
Bof ! Des croquis que j'ai faits dans la rue, les cafés...
Grimaces, pitreries... en un mot VULGARITÉ !
LA GRÈVE
Je t'avais pourtant dit : pas d'initiative en dehors de mon enseignement et de celui de Gérôme ! JETTE-MOI TOUT ÇA AU FEU !

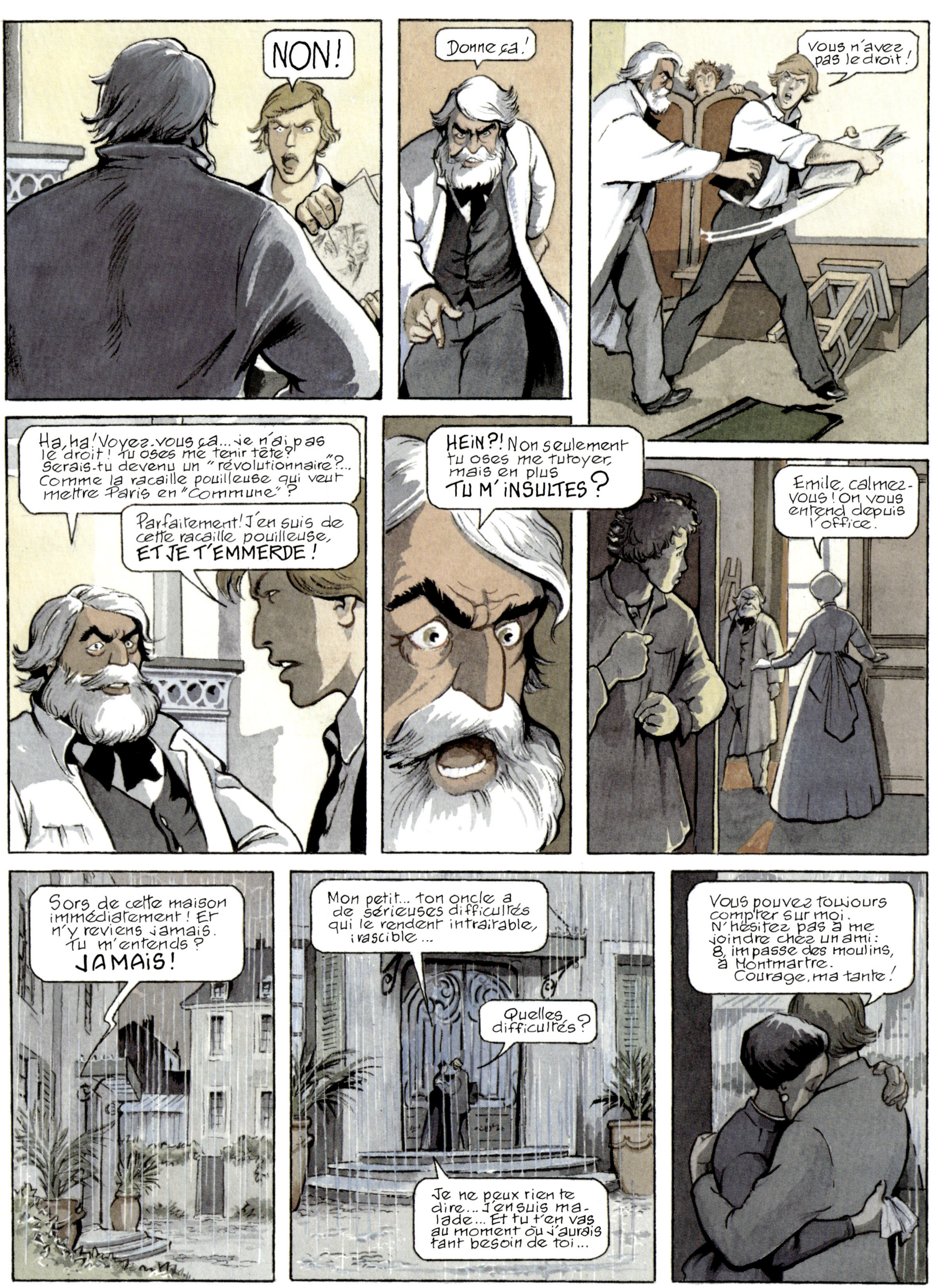
NON!
Donne ça!
Vous n'avez pas le droit!
Ha, ha! Voyez-vous ça... je n'ai pas le droit! Tu oses me tenir tête? Serais-tu devenu un "révolutionnaire"?... Comme la racaille pouilleuse qui veut mettre Paris en "Commune"?
Parfaitement! J'en suis de cette racaille pouilleuse, ET JE T'EMMERDE!
HEIN?! Non seulement tu oses me tutoyer, mais en plus TU M'INSULTES?
Emile, calmez-vous! On vous entend depuis l'office.
Sors de cette maison immédiatement! Et n'y reviens jamais. Tu m'entends? JAMAIS!
Mon petit... ton oncle a de sérieuses difficultés qui le rendent intraitable, irascible...
Quelles difficultés?
Je ne peux rien te dire... J'en suis malade... Et tu t'en vas au moment où j'aurais tant besoin de toi...
Vous pouvez toujours compter sur moi. N'hésitez pas à me joindre chez un ami: 8, impasse des moulins, à Montmartre. Courage, ma tante!

Ben?...
Qu'est-ce que tu fiches? Tu t'en vas?
Mon oncle m'a jeté dehors... Je n'ai pas un sou et comme c'est le jour du terme...
Attends un peu... T'as causé à mon vieux?
Il ne veut rien savoir.
Où tu vas pieuter?
Je n'en sais rien... Peut-être chez Momo... en attendant.
Pourquoi tu m'as rien dit?
Je ne voulais pas t'embêter avec mes problèmes.
Et tu t'serais tiré comme ça?
Pardonne-moi, je suis un peu perdu en ce moment.
Ch'suis pas ton amie?
Tout est difficile... Même ce que j'ai envie de te dire...
Tais-toi!

17 mars 1871.

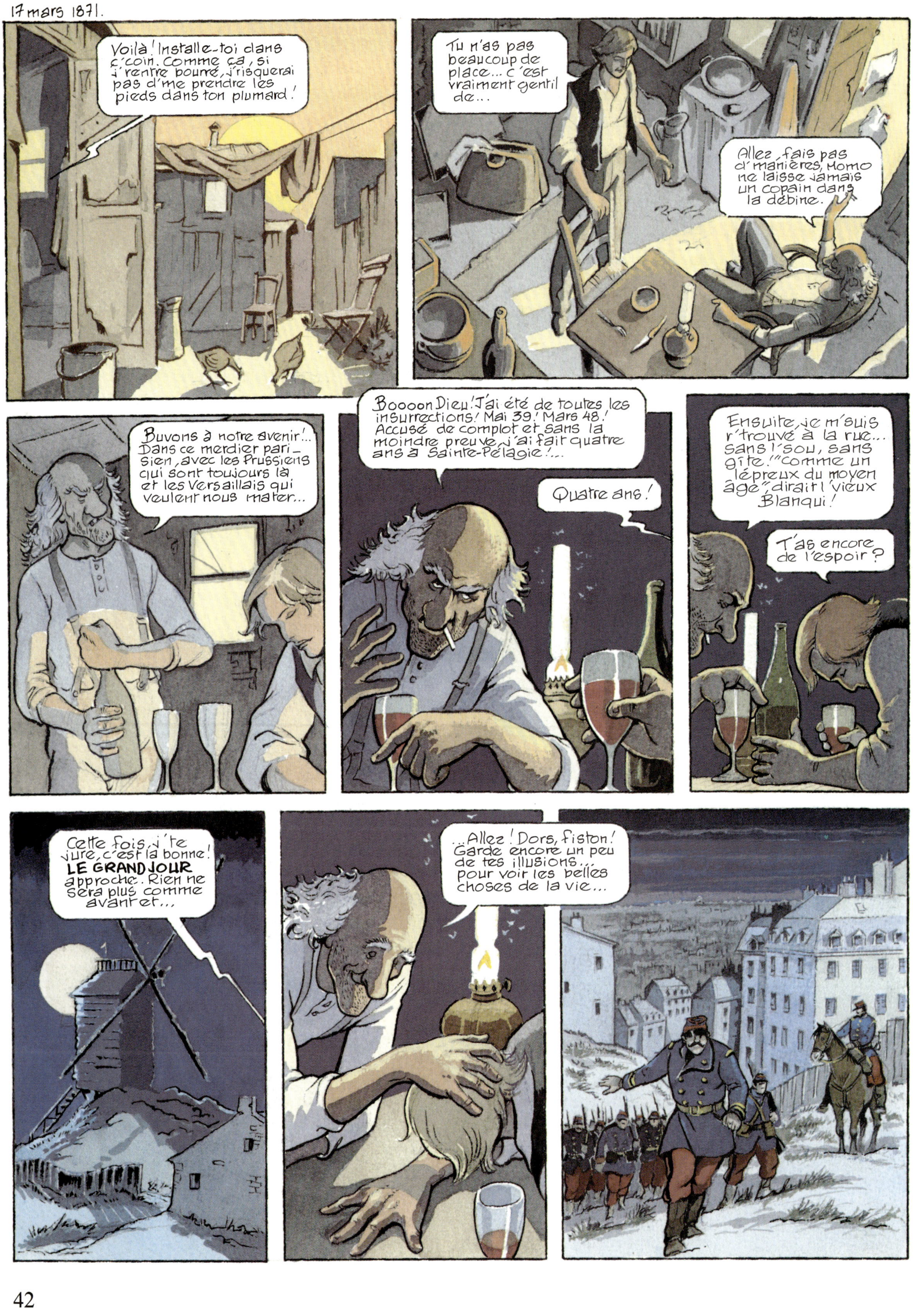
Voilà ! Installe-toi dans c'coin. Comme ça, si j'rentre bourré, j'risquerai pas d'me prendre les pieds dans ton plumard !
Tu n'as pas beaucoup de place... c'est vraiment gentil de...
Allez, fais pas d'manières, Momo ne laisse jamais un copain dans la débine.
Buvons à notre avenir !... Dans ce merdier parisien, avec les Prussiens qui sont toujours là et les Versaillais qui veulent nous mater...
Boooon Dieu ! J'ai été de toutes les insurrections ! Mai 39 ! Mars 48 ! Accusé de complot et sans la moindre preuve, j'ai fait quatre ans à Sainte-Pélagie !...
Quatre ans !
Ensuite, je m'suis r'trouvé à la rue... sans l'sou, sans gîte ! "comme un lépreux du moyen âge", dirait l'vieux Blanqui !
T'as encore de l'espoir ?
Cette fois, j'te jure, c'est la bonne ! LE GRAND JOUR approche. Rien ne sera plus comme avant et...
...Allez ! Dors, fiston ! Garde encore un peu de tes illusions... pour voir les belles choses de la vie...

18 mars. 6 heures.
BOM! BOM!
Faut vous l'ver.' Les griffons sont partout... Ils veulent nous faucher les canons d'Montmartre...
Ils ont profité du plein noir pour entrer dans Paris.
Allons-y!..
...Et comptez sur moi pour ameuter le quartier!
TAAAAAA
Qu'est-ce qui vous prend? Vous avez réveillé mes p'tits!
Les Versaillais arrivent!
Ils viennent barboter nos canons!
On descend!
Germaine, habille les gosses.
Faut les bloquer avant la place Pigalle!

Rue Lepic. 8heures.
ÉCARTEZ-VOUS!
Alors, ces canons, où est-ce que tu les emmènes? À Berlin?
Dégagez-moi cette foule d'enragés!
Toine!
Arrêtez! vous êtes fou?
Un geste et tu es mort!

Les lignards avec nous !
Vive la Garde !
Vive la ligne !
Traîtres ! Vous serez tous fusillés !
Vous allez vous rendre à ces gens-là ?
Mieux qu'ça ! Ils vont nous aider à remonter les canons !
Ben dis donc, pour un pacifiste, t'es plutôt du genre Rent'dedans !
Attention ! Sans arme et à mains nues
J'en r'viens pas. On a gagné !
Alors, cette fois, tu vas peut-être y croire, au "Grand Jour" !

Montmartre, 26 mars.

* Eugène Pottier.

Hé là, les hommes ! À qui l'tour ? Qui veut lutter avec Angèle ? Dix francs à gagner à qui me touche la poitrine.
Antoine ! Lâche ton crayon et viens t'marrer.
Approchez, approchez !
Six sous les trois boules... Les têtes tombées de ces guignols* et vous gagnez trois chopines de rosé...
...Allez, les amateurs, défoulez-vous !
Vas-y, Antoine !
* Napoléon III, Bismarck, Thiers.
Bravo, jeune homme ! Vous êtes un vrai patriote !

Ben vrai! Comment qu'tu les as baldinguées, ces sous-merdes!
Monte là-d'sus, monte là-d'sus! Et tu verras de Paris jusqu'à Chartres...
... Et si tu n'l'as pas vu, T'as qu'à monter là-d'sus Et tu verras Montmartre".
Jeanne! Arrête tes pitreries et viens boire avec nous.
J'n'ai jamais été aussi bien qu'à l'heure d'maint'nant.
Pardi! Le rosé t'y aide un peu.
Moque-toi, Adrien! Non, c'est pas l'rosé...
...C'est rapport à tous les bons moments qu'on vit ensemble... Vot'passion d'la peinture que vous m'faites partager...
...C't'amour qu'vous avez pour les belles choses de la nature... Sans vous, j's'rais restée un pauv'baquet aveugle et sourd... Vous êtes tout pour moi.

À demain, Antoine !
Boooh !.. La fête vient juste de commencer...
?!
La gourmette de Jeanne.
Qui est cette fille ?
Curieux... Il me semble l'avoir déjà vue... mais où ?
Cette belle adolescente évoluant parmi les nénuphars est absolument saisissante de vérité...
On jurerait qu'elle a posé pour vous...

Si cette fille sur la toile est la même que celle du médaillon... ce serait... Toinette !
Admettons qu'elle ait posé pour mon oncle, il n'y a pas là de quoi...
Et pourtant ! les malaises d'Alice à la seule évocation de Toinette...
Jeanne... Il n'y a qu'elle qui puisse me dire...
Bonjour, m'sieur Rouart. Jeanne est là ?
Elle repasse... et j'vous conseille pas d'la déranger. On a du boulot jusque-là.
Juste une minute.
Antoine !
J'ai retrouvé ta gourmette.
Oh, merci, mon Toine ! J'étais si triste de l'avoir perdue...
Et le portrait à l'intérieur, c'est...
C'est Toinette... J'l'avais découpé dans une photographie de groupe...
C'était comme qui dirait ma frangine, ma douceur, mon brin d'tendresse... On était inséparables, aussi bien dans l'coltin qu'dans la fête...
Jeanne, j'dois sortir. Tu fermeras la boutique.

La prochaine fois, c'est l'argent contre le papier, sinon...
Sinon quoi?
AAAAAH...
Qu'est-ce quit'prend à hurler "Assassin! Assassin! Lâche ça!" T'es malade ou quoi?
C'est rien, Momo. Un sale cauchemar, voilà tout.
Allez, rendors-toi, et n'oublie pas ton rencard avec la fédé.
J'y serai.
Il faut détruire les privilèges qui empoisonnent la vie artistique...
Dis donc, toi! Si ce que je dis ne t'intéresse pas...
Antoine!
Hein?!
Bon sang, c'est incroyable! On débat de notre avenir et toi, tu...
Fiche-moi la paix!
FOUTRE DIEU! C'EST PAS TERMINÉ, CE BORDEL?!
Dehors, les traîtres!
Versaillais!
Espion!
Réactionnaire!

20 mai.

Momo, "Le cri du peuple" m'a pris deux dessins!
Bravo! C'est toujours ça. On va pouvoir éponger un peu de notre ardoise.
Vous êtes Antoine Renier?
Une dame m'a d'mandé d'vous r'mettre c'te lettre... ça fait deux heures que j'vous cherche.
Alice!?
Antoine chéri,
Je suis très inquiète pour ton oncle et te prie instamment de me retrouver à 19 heures au café de la place des Abbesses.
Je compte sur toi.
Alice qui t'aime.
...DE DIEU!
Tiens, p'tit, attrape!
Merci, m'sieur.
CAFE DE LA
Antoine!
VINS . LIQUEURS DUCHEMIN
Que se passe-t-il? Vous semblez si inquiète...
C'est Emile... Il a rendez-vous cette nuit avec un sale individu... Son... son revolver n'est plus dans la table de nuit... J'ai peur, Antoine...
Calmez-vous, ma tante. Que veut cet homme?
De l'argent... Emile est victime d'un chantage.

Parlez, Alice. Je suis prêt à vous aider, mais je veux tout savoir... C'est bien Toinette qui figure sur la grande toile du Salon d'Automne ? Elle a posé pour mon oncle, n'est-ce pas ?
Oui, c'était la veille de ton arrivée... Toinette avait accepté cette sortie à la campagne...
... C'est un abominable accident. Emile voulait seulement récupérer le laissez-passer...
... Le chantage a commencé en automne... Le blanchisseur s'était emparé du papier... puis il avait fait croire à la police que Toinette avait été la victime d'un cambrioleur...
... Depuis octobre, nous vivons un cauchemar permanent... Rouart réclame toujours plus d'argent. Tu comprends mieux à présent pourquoi Emile voulait t'éloigner...
Qu'attendez-vous de moi ? Que je me place entre Rouart et votre mari ? Que je me jette sur cette brute avinée ?..
Non... il... il suffirait qu'Emile te reconnaisse... il prendrait peur et renoncerait à...
... à tuer Rouart au cas où celui-ci refuserait encore une fois de lui remettre le papier.
Je t'en supplie, Antoine... Je t'aime comme un fils... Fais-le pour moi, va à ce rendez-vous.

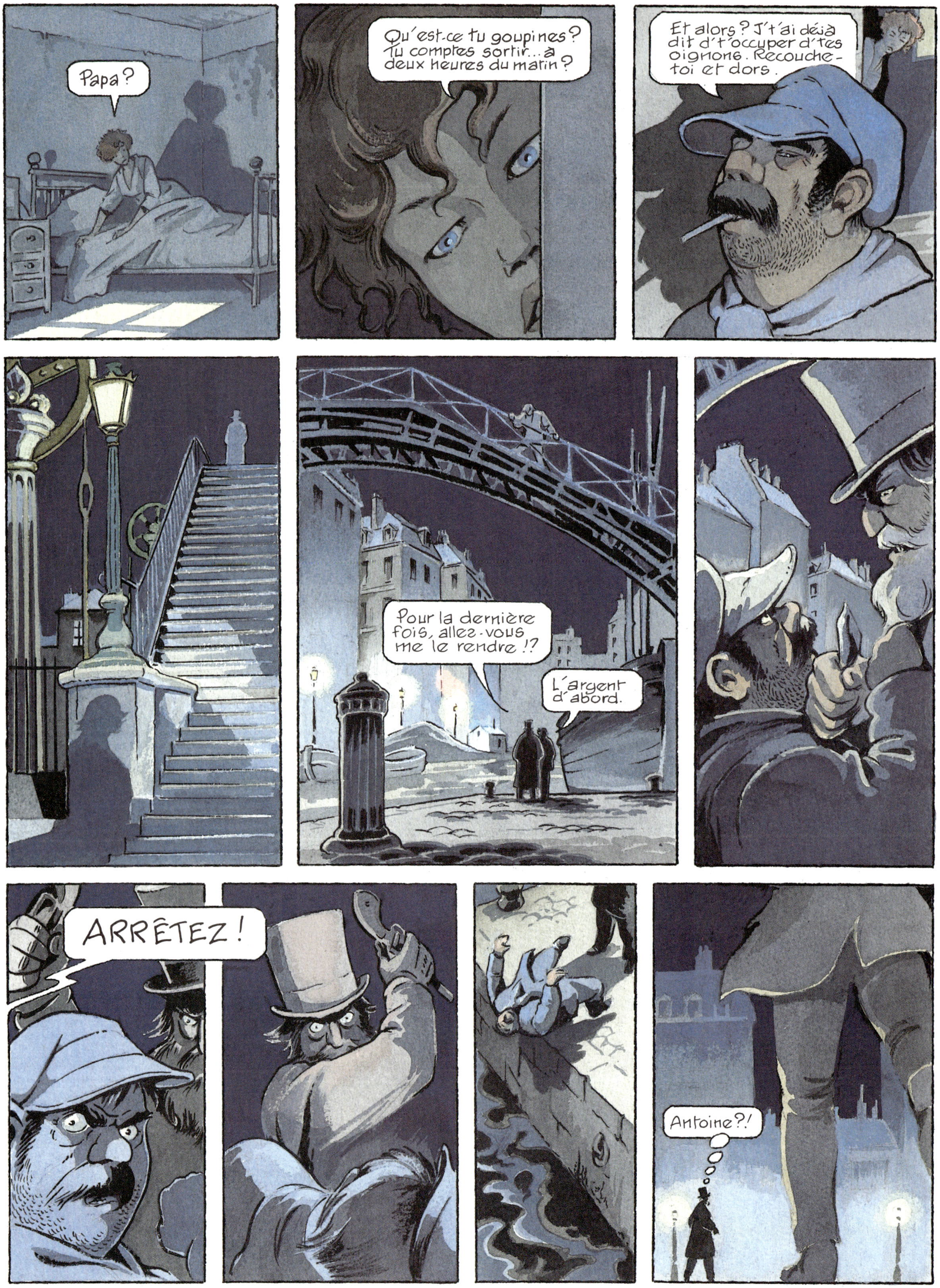
Papa?
Qu'est-ce tu goupines? Tu comptes sortir... à deux heures du matin?
Et alors? J't'ai déjà dit d't'occuper d'tes oignons. Recouche-toi et dors.
Pour la dernière fois, allez-vous me le rendre!?
L'argent d'abord.
ARRÊTEZ!
Antoine?!

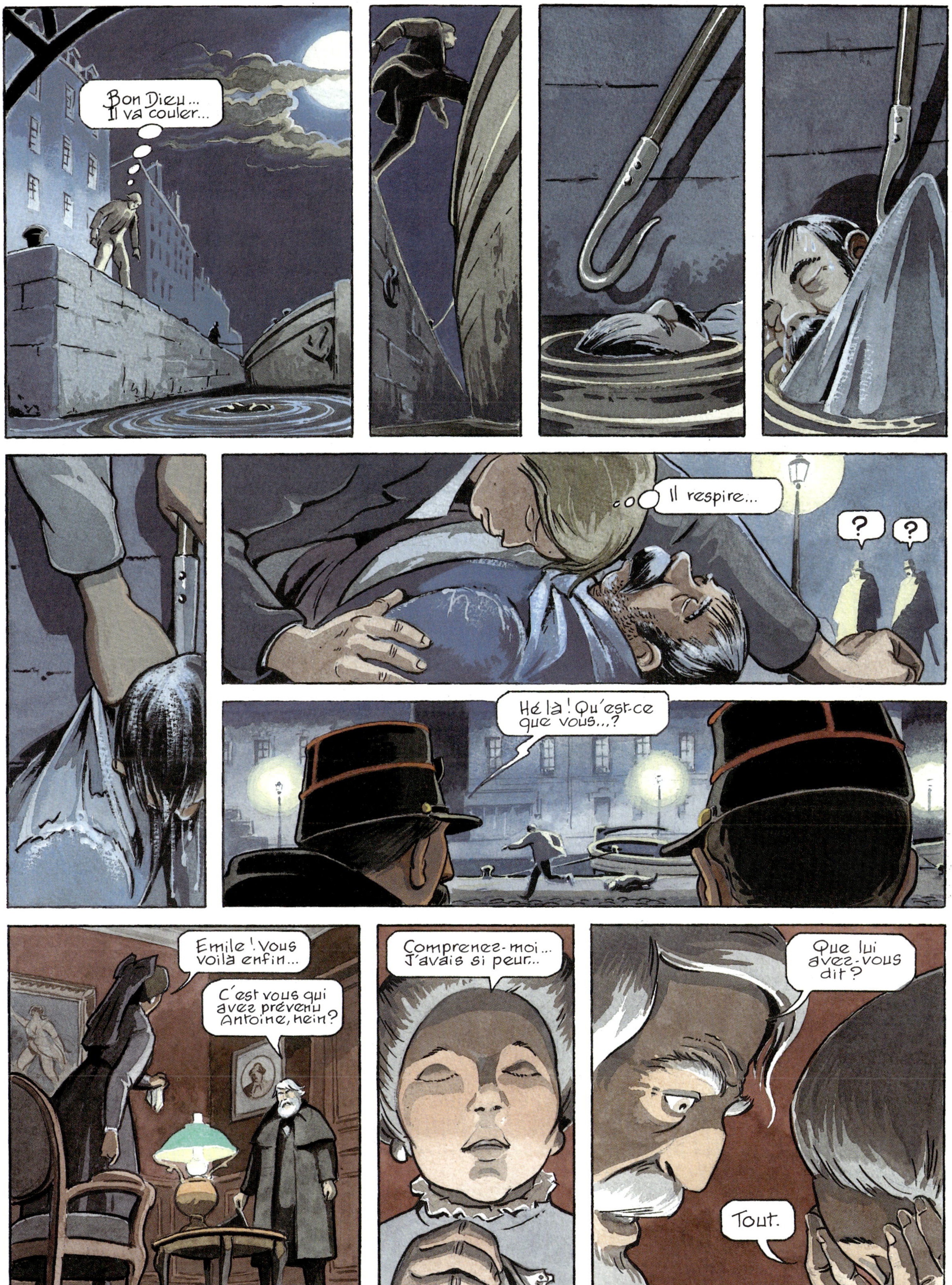
Bon Dieu... Il va couler...
Il respire...
?
?
Hé là ! Qu'est-ce que vous...?
Emile ! Vous voilà enfin...
C'est vous qui avez prévenu Antoine, hein ?
Comprenez-moi... J'avais si peur...
Que lui avez-vous dit ?
Tout.

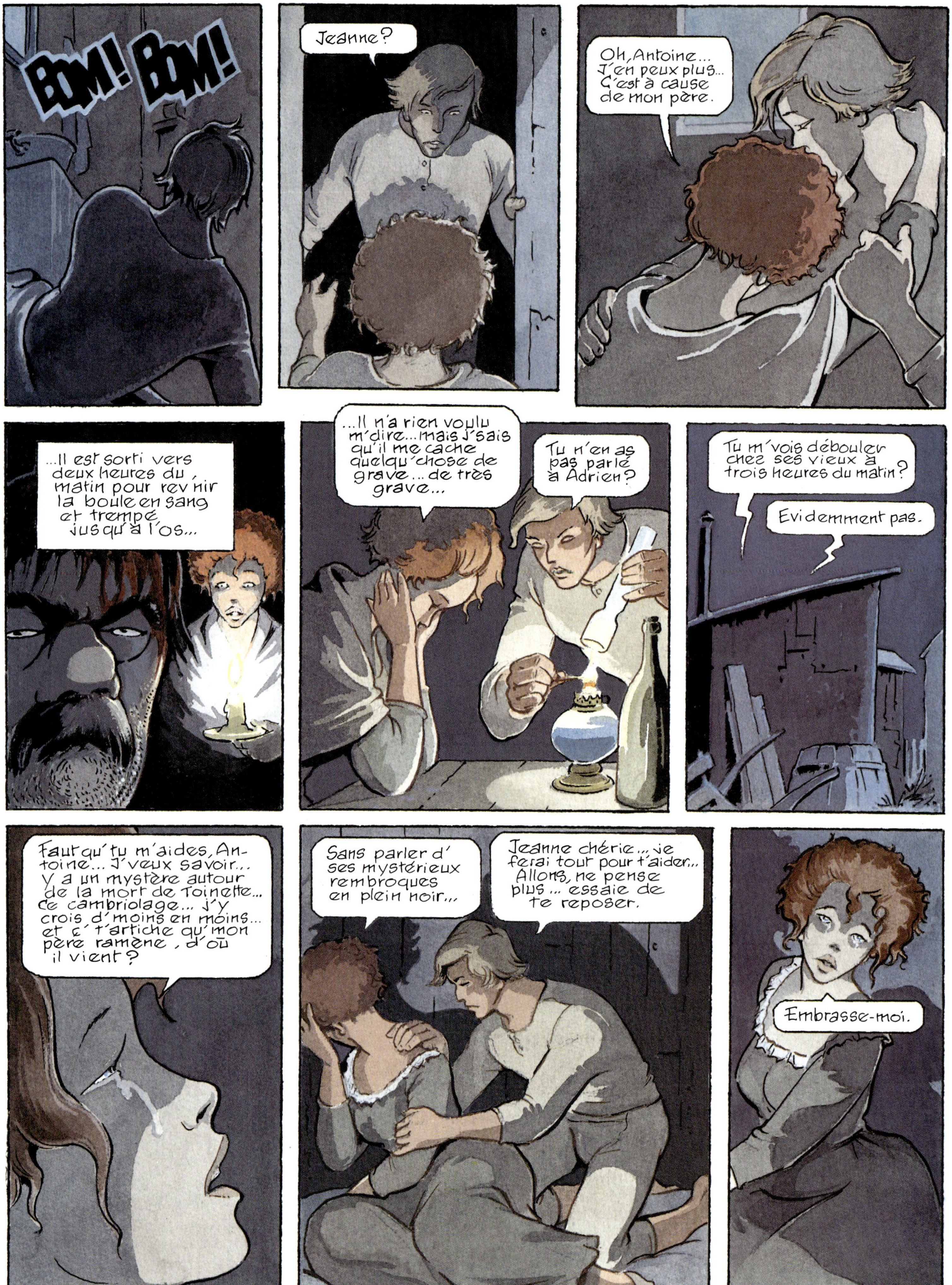
BOM! BOM!
Jeanne?
Oh, Antoine... J'en peux plus... C'est à cause de mon père.
...Il est sorti vers deux heures du matin pour rev'nir la boule en sang et trempé jusqu'à l'os...
...Il n'a rien voulu m'dire... mais j'sais qu'il me cache quelqu'chose de grave... de très grave...
Tu n'en as pas parlé à Adrien?
Tu m'vois débouler chez ses vieux à trois heures du matin?
Evidemment pas.
Faut qu'tu m'aides, Antoine... J'veux savoir... y a un mystère autour de la mort de Toinette... ce cambriolage... j'y crois d'moins en moins... et c't'artiche qu'mon père ramène, d'où il vient?
Sans parler d'ses mystérieux rembroques en plein noir...
Jeanne chérie... je ferai tout pour t'aider... Allons, ne pense plus... essaie de te reposer.
Embrasse-moi.

C'est toi, Momo?
Adrien!
Tous mes compliments!
À quand l'mariage?
Non! C'est pas c'que tu crois... Cette nuit, mon vieux a encore fait des siennes... J'étais complètement chaloupée... fallait que j'me confie...
Et tu n'as rien trouvé de mieux que de te confier dans le lit d'Antoine!
Oooh! Lâche les dés! J'pensais qu'not' amitié à nous trois, c'était au-d'ssus des coucheries et du reste!
L'amitié est une chose, l'amour en est une autre. Je n'aime pas le mélange des genres!
T'as peut-être raison, Adrien. Il est des sentiments qu'il est difficile de partager.
Alors, à cause d'une affaire de plumard, c'en est fait d'not' trio?... Ou plutôt, tu vas m'de-mander lequel de vous deux aura l' bouquet... et pourra s'arrimer avec ma pomme. C'est ça?... Hein?
Hé ben, des nèfles! J'choisirai pas entre vous!
N'empêche, je vous aimerai toujours...! ADIEU!

Vous avez fait un beau gâchis !
Tu l'aimes tant que ça ?
Réponds !
Qu'importe si je l'aime ou non... de toute façon, tout est fichu !
Et toi ? Tu vas tout de même pas me dire que tu as couché avec elle uniquement pour passer un bon moment.
Oui... par ta faute !
Hé là ! Qu'est-ce qui vous prend ?
C'est bien l'moment d'vous battre ! Les Versaillais viennent d'attaquer Paris par les portes du Point-du-Jour et d'Saint-Cloud !

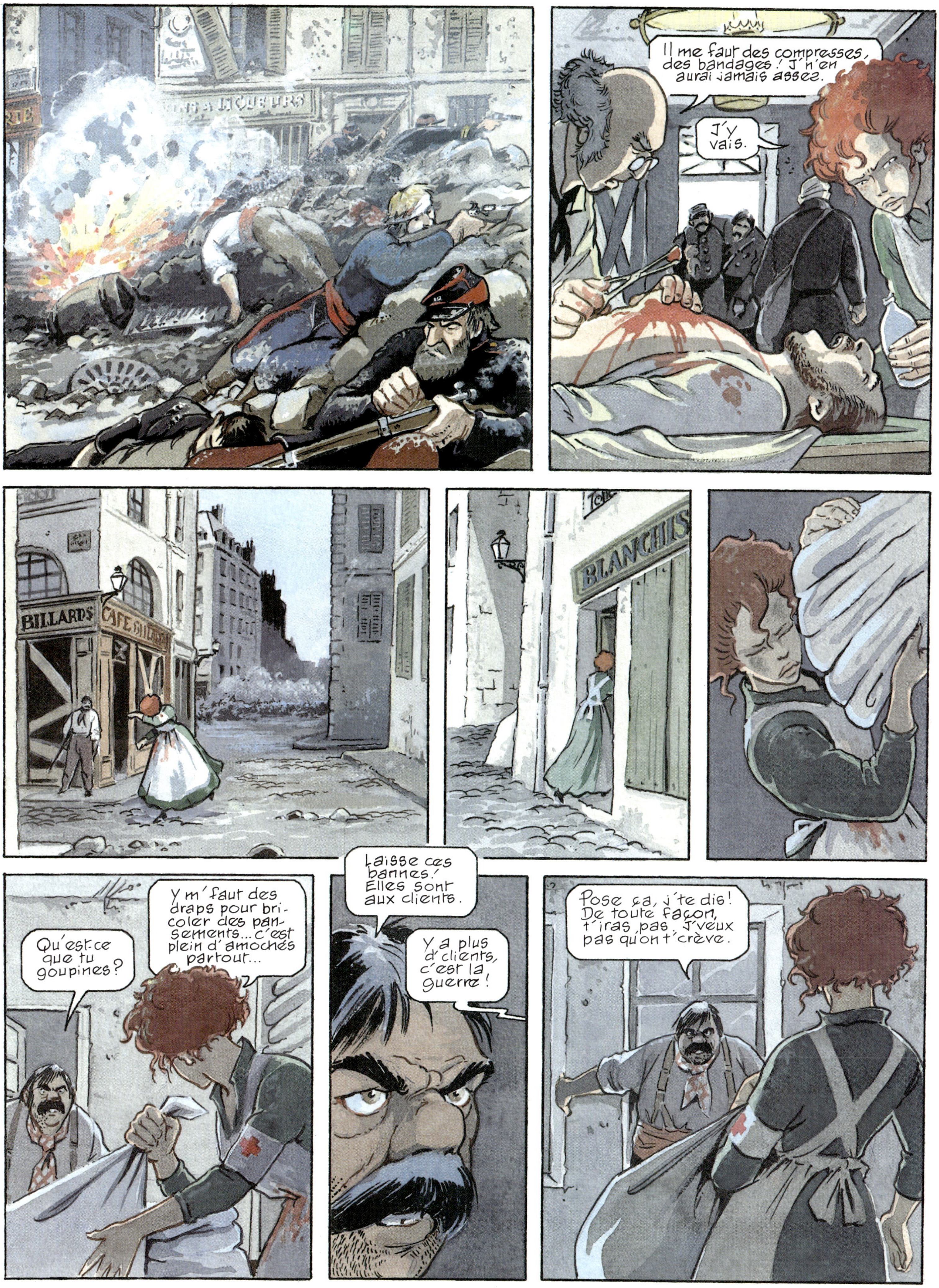
LIQUEURS
Il me faut des compresses, des bandages ! J'n'en aurai jamais assez.
J'y vais.
BILLARDS
CAFÉ
BLANCHIS
Qu'est-ce que tu goupines ?
Y m'faut des draps pour bricoler des pansements... c'est plein d'amochés partout...
Laisse ces bannes ! Elles sont aux clients.
Y a plus d'clients, c'est la guerre !
Pose ça, j'te dis ! De toute façon, t'iras pas. J'veux pas qu'on t'crève.

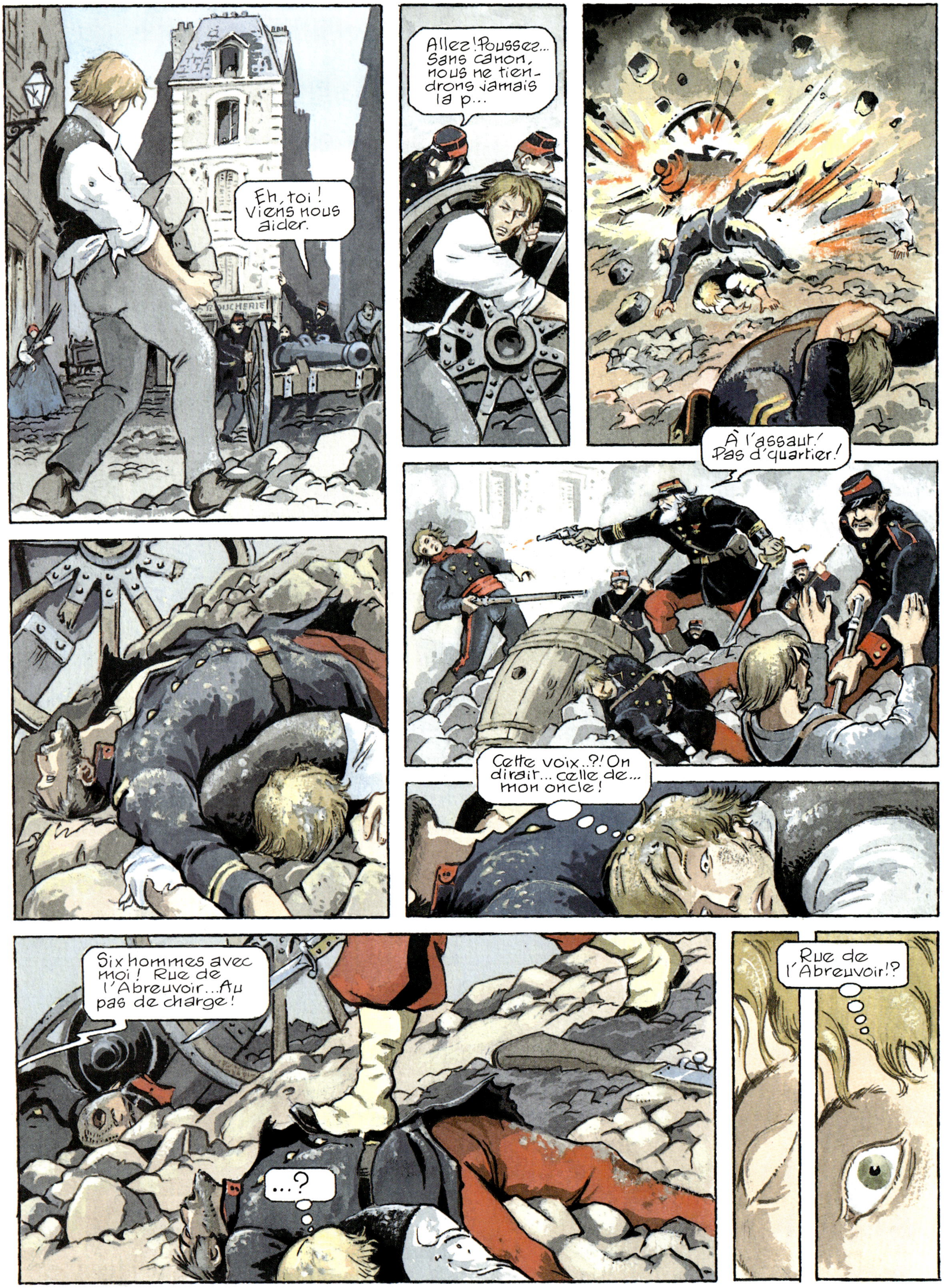
Eh, toi ! Viens nous aider.
Allez ! Poussez... Sans canon, nous ne tiendrons jamais la p...
À l'assaut ! Pas d'quartier !
Cette voix..?! On dirait... celle de... mon oncle !
Six hommes avec moi ! Rue de l'Abreuvoir... Au pas de charge !
...?
Rue de l'Abreuvoir !?

Rouart! Il va chez Rouart!
Si je pouvais arriver avant lui...
LIEBIG
Trop tard...
C'est là-bas... La boutique verte!
BRANG! BLING!
PAW! PAW!

Pourvu que...?
Un laissez-passer prussien ! Cette fois, je tiens la preuve de leur trahison.
Une chance. L'eau du canal a effacé le nom.
Allez, en route ! Nous n'en avons pas fini avec cette racaille !
BLANC
NOOOON !
Jeanne... Jeanne...
Lève-toi ! Espèce de vermine rouge !
Tirez ! Mais tirez donc !

Matin du 24 mai 1871.

Asile de Fontvieille . Mars 1875.
J'apporte le matériel de peinture pour mon neveu Antoine Renier. Comment va-t-il ?
Bah ! Il ne mange pour ainsi dire pas et ne veut voir personne. Il barbouille nuit et jour.
Surtout...
...bien...
...soigner...
...l'exécution.
C'est ça ! Surtout bien soigner l'exécution !
DETHOREY.

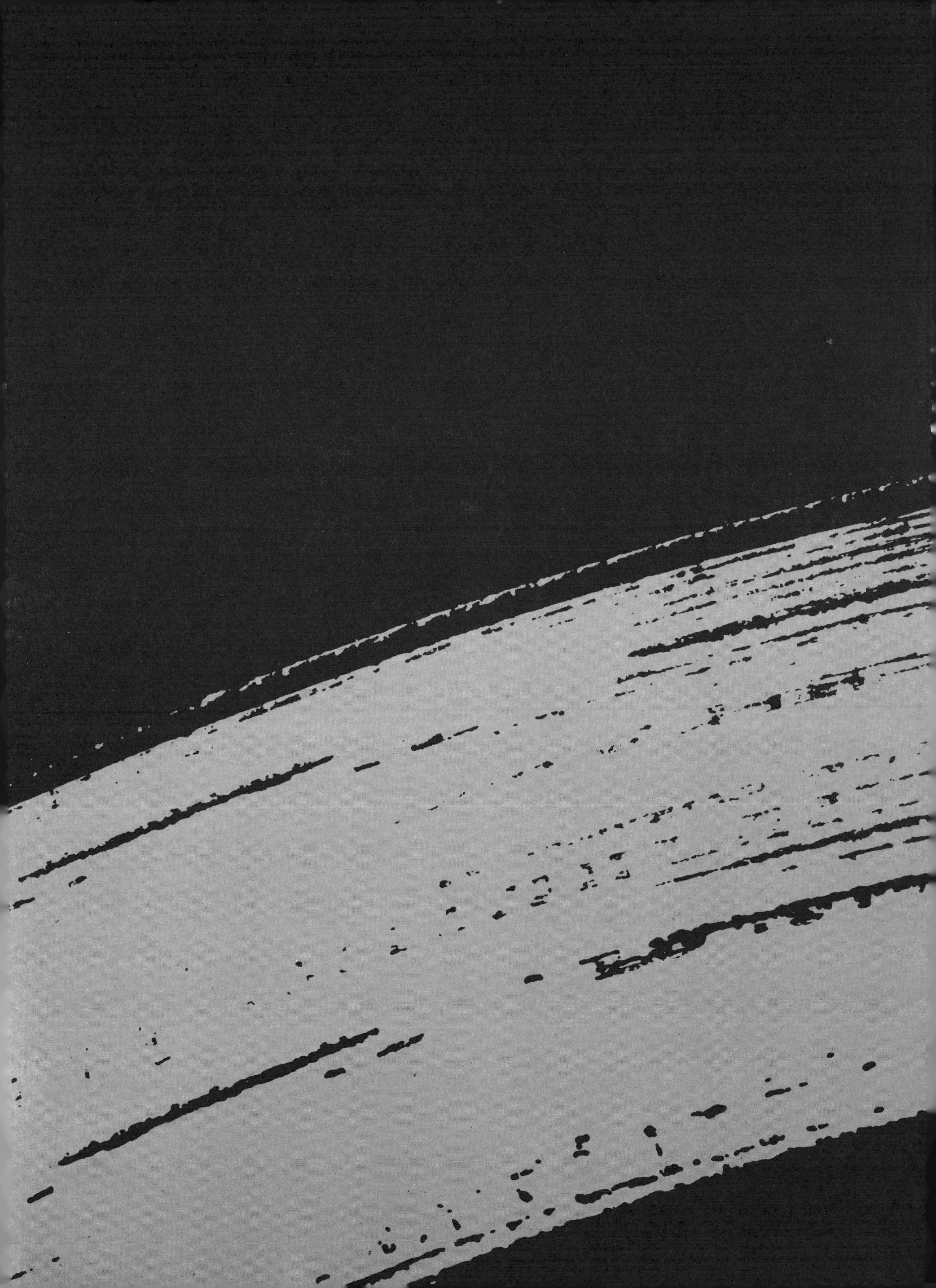